O D E

A MONSEIGNEUR

LE PRINCE DE CONDÉ.

ODE

A SON ALTESSE SERENISSIME

MONSEIGNEUR

LE PRINCE DE CONDÉ,

SUR la Victoire qu'il a remportée le 30 Août
sur le Prince Héréditaire de Brunswich.

PAR M. COURTIAL.

A PARIS,

De l'Imprimerie de SEBASTIEN JORRY, rue &
vis-à-vis la Comédie Françoife, au Grand Monarque,
& aux Cigognes.

M. DCC. LXII.

ODE

A SON ALTESSE SERENISSIME

MONSEIGNEUR

LE PRINCE DE CONDÉ,

Sur la Victoire qu'il a remportée le 30 Août sur le Prince Héréditaire de Brunswich.

 U suis-je? Quel prodige allarme la Nature?
La Terre avec les Cieux soudain sont confondus;
Soudain le Monde entier, dans une nuit obscure
S'enfonce & disparait à mes yeux éperdus.

A ij

Dans les airs , fous mes pas j'entends gronder la Foudre.

Quels gouffres entr'ouverts & quels ébranlemens !

Tous les Mondes divers font prêts à fe diffoudre.

J'en vois avec horreur crouler les fondemens.

Eft-ce des Dieux cruels la vengeance barbare ?

Combleront-ils nos maux loin d'en être attendris ?

Que dis-je ? Par ces coups leur bonté fe déclare ;

Mille objets confolans enchantent mes efprits.

L'Olympe tout-à-coup fe découvre à ma vue ;

J'entre dans le féjour des Héros & des Dieux.

O Spectacle enchanteur ! ô faveur imprévue !

Les Vertus , les Talens régnent en ces beaux lieux.

Quel eft ce demi-Dieu, qui tout brillant de gloire ,

Sur un thrône d'azur dirigé par les vents ,

Plus prompt que les éclairs , fuivi de la Victoire ,

Revient de fon éclat étonner les vivans.

A fon front menaçant, à cette illuftre audace,
Qui remplit tous les cœurs d'efpérance ou d'effroi,
A ce port noble & fier où brille tant de grâce,
Mortels, qui ne connaît le Vainqueur de ROCROI ?

Superbes Fils d'Eole, enchaînez les tempêtes,
Echos, n'allarmez point les Nymphes de nos bois,
Vous, Tonnerres, ceffez de gronder fur nos têtes,
Pour parler à fon fils il éléve la voix.

Ta prudente valeur des Dieux favorifée
O mon fils, mon cher fils, retentit jufqu'à moi ;
Du fortuné féjour du brillant Elifée,
Je viens te contempler & m'admirer en toi.

Déja l'Europe entiere exaltait ta fageffe,
Impatient de vaincre, ennemi du repos ;
Ton bras avait cent fois illuftré ta jeuneffe ;
Mais dans toi maintenant on révére un Héros.

Les plaines de Frieberg, brillantes de ta gloire,
Ont vu fuir devant toi de nombreux bataillons;
Là, ton bouillant courage enchaînant la victoire
De carnage & de fang, tu couvris les Sillons.

Sur le fougueux Brunfwich dans ton ardeur guerriere
Le tonnerre à la main tu fonds de toutes parts,
Et forçant de fon camp l'effrayante barriere,
Tu foules, tu détruis fes efcadrons épars.

Tout fléchit fous les coups de ton bras redoutable:
Quel Dieu même pourroit en foutenir l'effort?
Plus terrible que Mars, ta valeur indomptable
Fait voler en tous lieux l'épouvante & la mort.

Avec moins de fracas éclate le tonnerre,
Un grand embrafement excité par les vents,
Moins rapide s'étend & ravage la terre,
Dévore les rochers, defféche les torrens.

O mon fils ! du plus haut de la voute étoilée,

Ton pere t'obfervait dans l'horreur des combats,

Ta grande ame à mes yeux alors s'eft dévoilée ;

Quels prodiges par-tout ont fignalé tes pas ?

Parmi les combattans, les carreaux, les allarmes,

Les éclairs de tes yeux annonçaient ton ardeur ;

J'appercevais par-tout tes fulminantes armes,

Et par-tout la prudence éclairait ta valeur.

Je t'ai vu calme & fier dans ce fanglant orage,

Tel qu'autrefois parut le plus puiffant des Dieux,

Quand frappant les Titans, & confondant leur rage,

Son bras précipita ces vains féditieux.

Où tel l'ardent Phœbus au haut de l'Empirée,

De fon char enflammé dardant fes traits vainqueurs,

Plonge dans le néant les noirs fils de Borée,

Et brille dans un ciel tout plein de fes faveurs.

Ce grand jour ta rendu l'honneur de ta patrie,

Tu viens de t'en montrer l'illuftre Défenfeur,

Des Héros de ton fang le fublime génie,

Avec tout fon éclat habite dans ton cœur.

Des Français de mon temps, je furpaffai l'attente;

Mon jeune front fut ceint des plus nobles lauriers,

De l'Ibere éperdu ma valeur foudroyante,

Frappa dans un feul jour les plus braves guerriers.

Ton bras vient d'imiter un auffi grand exemple,

Tu dois le furpaffer par de nouveaux exploits;

Songe qu'avec refpect l'Univers te contemple,

Et connais de ton fort les éternelles Loix.

De l'Empire des Lys rempliffant la vengeance,

Tu vas felon fes vœux diriger les deftins,

Dompter fes ennemis, rabaiffer leur puiffance,

Du bruit de tes hauts faits étonner les humains.

Mars lui-même a tracé ta brillante carriere,

La Victoire à jamais guidant tes Etendards,

Sous tes coups, redoutés de la Nature entiere,

Difparaitront foudain les plus fermes remparts.

Ton bras difperfera les cohortes tremblantes

Des Rivaux de ton Roi, vainement furieux,

Comme des vents fougueux les haleines brulantes

Diffipent un nuage & font trembler les Cieux.

Refplendiffant des traits d'une immortelle gloire

Pour mes yeux paternels, ô fpectacle charmant !

Ils te verront briller au Temple de Mémoire,

Tel que l'aftre des jours au fein du Firmament.

Mais le Héros abhorre une indigne molleffe ;

Tremble d'en refpirer le fouffle empoifonneur ;

Confulte également la gloire & la fageffe ;

Pour être grand, fois homme & regne fur ton cœur.

Sers de Pere aux Humains, même au fort de la guerre ;

Adore la vertu, ris du lâche envieux,

Mérite en tout l'hommage & l'encens de la Terre,

Des Trônes éternels t'attendent dans les Cieux.

Il dit, la foudre gronde, un torrent de lumiere

Le transportant foudain jufqu'au plus haut des airs ;

De l'Olympe ébranlé, l'éternelle barriere

Eft ouverte à l'inftant par d'effrayans éclairs.

Son fils d'un trait divin éprouvant l'influence,

Contemple avec tranfport un Sort fi plein d'appas ;

Ne refpirant que fang, que guerre, que vengeance ;

Il court lancer la foudre & braver le trépas.

F I N.

J'ai lu par ordre de Monseigneur le Chancelier, l'*Ode* à S. A. S. *Mgr le* PRINCE DE CONDÉ. Cette Ode qui contient des éloges si bien mérités, doit nécessairement plaire à une Nation qui aime avec tant de raison le jeune Héros qu'on y célébre. Fait à Paris ce 8 Octobre 1762. MARIN.